愛畫畫的恐龍女孩

作者｜黃憶婷（綺綺媽媽）

繪者｜張瓊文 Iris Chang

繪圖協力｜郭麗綺、陳俊安

美術編輯｜吳志瑋、殷鴻逸

責任編輯｜王主科、花玉娟

行銷企劃｜黃莉雯

文案校稿｜郭耀凱

封面手寫字｜郭毓琳、郭詠鈞、黃睿妍

執行企劃｜布萊特數碼科技有限公司

印刷裝訂｜科億印刷股份有限公司

經銷｜白象文化事業有限公司

電話｜04-24965995

出版日期｜2024 年 1 月二刷

定價｜360 元

ISBN｜ 978-626-97969-0-8

出版者｜財團法人中華民國心臟病兒童基金會

地址｜ 100 台北市中正區青島西路 11 號 4 樓之 4

電話｜ 02-23319494

網址｜ www.ccft.org.tw

綺綺專戶捐款

中華民國心臟病兒童基金會

銀行名稱 : 玉山銀行（代號 808）分行別 : 城中分行

帳號 : 0532-940-105392

戶名 : 財團法人中華民國心臟病兒童基金會

轉帳後存根聯請註明捐款收據抬頭、地址、電話，傳真至本會 (02) 2314-2184

或寄 E-MAIL : q-answer@ccft.org.tw，以方便開立收據。

感謝贊助｜郭義雄（綺綺爺爺）、呂鳳珠（綺綺奶奶）

愛畫畫的
恐龍女孩

吼ㄏㄡˇ～～吼ㄏㄡˇ～～
變ㄅㄧㄢˋ身ㄕㄣ恐ㄎㄨㄥˇ龍ㄌㄨㄥˊ的ㄉㄜ˙女ㄋㄩˇ孩ㄏㄞˊ開ㄎㄞ心ㄒㄧㄣ站ㄓㄢˋ在ㄗㄞˋ舞ㄨˇ台ㄊㄞˊ上ㄕㄤˋ。
對ㄉㄨㄟˋ台ㄊㄞˊ下ㄒㄧㄚˋ觀ㄍㄨㄢ眾ㄓㄨㄥˋ張ㄓㄤ舞ㄨˇ著ㄓㄜ˙恐ㄎㄨㄥˇ龍ㄌㄨㄥˊ爪ㄓㄨㄚˇ，
並ㄅㄧㄥˋ發ㄈㄚ出ㄔㄨ陣ㄓㄣˋ陣ㄓㄣˋ嘶ㄙ吼ㄏㄡˇ聲ㄕㄥ。

驕ㄐㄧㄠ傲ㄠˋ地ㄉㄧˋ展ㄓㄢˇ現ㄒㄧㄢˋ與ㄩˇ爸ㄅㄚˋ爸ㄅㄚ˙合ㄏㄜˊ力ㄌㄧˋ創ㄔㄨㄤˋ作ㄗㄨㄛˋ的ㄉㄜ˙紙ㄓˇ箱ㄒㄧㄤ恐ㄎㄨㄥˇ龍ㄌㄨㄥˊ裝ㄓㄨㄤ，
充ㄔㄨㄥ滿ㄇㄢˇ自ㄗˋ信ㄒㄧㄣˋ的ㄉㄜ˙臉ㄌㄧㄢˇ龐ㄆㄤˊ上ㄕㄤˋ， 眼ㄧㄢˇ睛ㄐㄧㄥ閃ㄕㄢˇ爍ㄕㄨㄛˋ興ㄒㄧㄥ奮ㄈㄣˋ的ㄉㄜ˙光ㄍㄨㄤ芒ㄇㄤˊ。

吼ㄏㄡˇ—吼ㄏㄡˇ—吼ㄏㄡˇ—

她，是恐龍女孩。
一個超級喜歡恐龍的心臟病女孩。

她為什麼喜歡恐龍呢？

女孩說：「恐龍看起來勇猛強壯，
什麼都不怕！我想和恐龍一樣！」

恐龍女孩一出生就必須離開媽媽懷抱，
醫生要為她的心臟做修補手術，
她在加護病房，住了很長的日子。

正常心臟　　綺綺心臟

施工中

參考資料：參考自台大小兒心臟科陳俊安醫師的心臟圖 (2022)

六歲時， 女孩面對即將到來的第三次
心臟手術， 感到害怕、 哭泣不已。

媽媽心疼的緊緊摟著她， 告訴她：
「 媽媽陪著妳， 我們一起完成這個讓
心臟變強壯的勇敢任務吧！ 」

她抱著恐龍玩偶， 含著眼淚說：
「 媽媽， 我好害怕！ 但我一定可以的！
我要像恐龍一樣勇敢！ 」

一直以來，
恐龍女孩沒有強壯健康的身體。
沒有白皙的肌膚、紅潤的嘴唇、粉嫩的手指，
也沒有一般女孩銀鈴般悅耳動聽的聲音，
她只有瘦小虛弱的身體。

胸口上因手術留下長長的疤痕。

血液中氧氣不足造成微黑的膚色。

帶點紫色的嘴唇、
像小鼓槌般藍紫色的手指。

而她的聲音，
更是常常小到聽不見。

但，恐龍女孩一點也不在乎。

反而覺得，
自己身材瘦小也有好處。

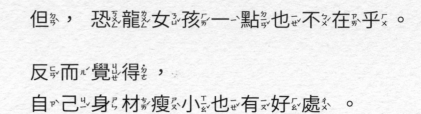

游泳時很快速、吊單槓時很輕盈。

像小鼓槌的手指超酷的，
不但像極恐龍爪，
甚至還很會畫畫、彈鋼琴。

恐龍女孩從不因自己瘦小的身體氣餒難過。

她的內心，住著一隻強大的恐龍！

胸ㄒㄩㄥ口ㄎㄡ上ㄕㄤ的ㄉㄜ疤ㄆㄚ痕ㄏㄣ更ㄍㄥ是ㄕ她ㄊㄚ勇ㄩㄥ敢ㄍㄢ的ㄉㄜ勳ㄒㄩㄣ章ㄓㄤ！

畫畫是恐龍女孩每天最開心的事。

盡情地徜徉在畫畫世界裡，
自由自在開心玩樂，
完全忘記身體的限制，
更練就一筆到底、不需修改的畫畫功力。

*此頁的線條稿參考自綺綺的手繪圖

恐龍女孩努力長大、讓自己變強。
她要和同學一樣完成很多事情。
她不放棄讀書學習與興趣，
更不會以心臟病作為藉口。

反而，更努力想突破難關，
縱使最後一名，也要跑到終點。

她的夢想是成為恐龍考古學家。

為了實現夢想，她研究各式各樣的恐龍。
努力學習英文、閱讀恐龍化石的書籍與影片。

* 此頁的線條稿參考自綺綺的手繪圖

恐龍女孩有著樂觀開朗態度
及不服輸精神。

在她小小腦袋瓜裏，
裝滿天馬行空的創意點子，
在自己的人生畫布上， 盡情揮灑著畫筆，
賣力塗上繽紛絢麗的生命色彩。

然而…
10歲時，恐龍女孩接受第四次心臟手術後，
離開最愛她的爸爸媽媽與妹妹，到天堂旅行了。

旅行前，
恐龍女孩在自己房間的白板上，畫下一隻小恐龍。
靜靜地坐在白板的角落，永遠陪伴她最愛的家人。

恐龍女孩離開地球後，
媽媽每天因思念她而難過哭泣。

有一天，
家裡突然聞到一股淡雅清新的香味。

隱約傳來小小的聲音，彷彿在說：
「媽媽，我現在很好喔！我真的很好！
你不要擔心我！」

媽媽覺得那是貼心的恐龍女孩，
傳來報平安的訊息。

從此，媽媽不再哭泣。

他們一起度過相依相偎的時光，
就是恐龍女孩留給爸媽最珍貴的禮物，
這份禮物，永遠陪伴著她最愛的家人。

恐龍女孩名叫郭麗綺，
大家都叫她綺綺。

即便此刻的她正在天堂旅行。
她仍發揮強大的恐龍威力，
成為家喻戶曉的恐龍貼圖小畫家。
守護著與她有相同境遇的孩子們。

她努力不懈、勇敢面對生命，
樂觀體驗人生的故事，
將永遠溫暖的留在大家的記憶中。

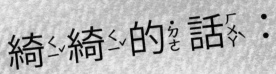

綺綺的話：

也許你的身體跟別人有不一樣的地方。但是你很特別，你要比任何人更勇敢！

小朋友，一定要愛自己歐！

郭麗綺

一年後…

恐龍女孩化身成小男孩，
帶著滿滿的笑容與健康的身體，
再次回到媽媽的懷抱。

這次，她緊緊的依偎在媽媽的身邊，
再也不分開。

您身邊也有像她這樣的女孩／男孩嗎？
如果有機會遇到這樣的女孩／男孩，
請給她或他一個微笑或擁抱。

因為， 她們／他們正在為自己的生命
努力奮鬥著！！

暖心推薦

王主科醫師
中華民國心臟病兒童基金會 執行長

這繪本是一個十歲患有心臟病小女孩的生命故事。綺綺在胎兒時即被診斷出罹患複雜性先天性心臟病，爸媽依然決定生下她盡心照顧，在 2018 年她接受第四次心臟手術後去當了小天使。她雖然 離開了，但她生前勇敢的恐龍精神和獨特的恐龍畫作依然持續前進閃耀光輝。

謝謝綺綺爸媽的無私和大愛，這些年來有了綺綺專戶的醫療補助，它延續了綺綺生命的意義，並創造了更高的生命價值，為同樣受疾病而苦的家庭和孩子們帶來了重生的新希望。愛永遠都在，因大家的付出和支持讓這份溫暖一直滋養和守護每一個孩子的健康和成長。

陳益祥醫師
台大心臟外科 教授

粉紅恐龍的不屈服
綺綺 "吼～吼～" 的畫面又再一次出現在我眼前 !!

綺綺每每高興活潑地告訴伯伯在學校的生活與對體能活動的堅持，都是在散佈她藏在內心如恐龍般的勇氣及樂觀。

再次回顧她對恐龍的熱愛及對命運的不屈服，讓我這個馬齒徒長的伯伯感到汗顏。

這本繪本記錄一位勇敢的小恐龍由藍色的內心成長為粉紅色的勇氣，不僅帶給心臟病童及家屬們正向的態度及思考，也是給醫療團隊大大的鼓勵；正如我永遠懷念那隻藍紫色 "小恐龍" 對我溫暖的擁抱。

她是上帝給我們最好的啟示。

施景中醫師
台大醫院婦產科　產科主任

－ 永遠的思念 －
憶婷（綺綺媽媽）第一次到我門診，我診斷了綺綺的複雜先天心臟病。我問她說：「會考慮生下她嗎？」當時憶婷的母親剛好生重病，她瞭解凡是人都會生病，放棄不該是一個選擇。

幾個月後，我親手迎接了綺綺來到這個世界上。
她的父母親陪她走過大大小小的治療，她是個獨特而勇敢的孩子，也讓爸媽更加珍愛她。
十年後，淚眼婆娑的我，在加護病房送她走完這個美好世界的旅程。我曾情緒低落到無法工作，而當把她勇敢而美麗的故事分享出來後，卻得到無數人暖心的迴響，恐龍貼圖的收益創下 LINE 公司的紀錄，間接又幫助了更多心臟病童。

如果她不是一個大菩薩的化身，又如何能有這種超凡的能力呢？

永遠想念妳。

張曉華醫師
台大兒童醫院 兒童牙科主任

牙齒保健對心臟病童來說非常重要！我從麗綺很小的時候，在門診時就認識她了，我幾乎是看著她長大的！常常會想起她那聰明、淘氣的模樣。每次見面，她都會模仿恐龍吼叫聲，讓我印象深刻。妹妹出生後，麗綺長大不少，也更加成熟穩重，開始有了姊姊的模樣。

我認識的孩子們中，麗綺是個特別、聰慧、才華洋溢的孩子。從《愛畫畫的恐龍女孩繪本》中，我看到麗綺獨特過人的畫畫天份、幽默有趣的畫作以及勇者無懼的精神，希望她的生命故事能夠鼓勵正在面對人生關卡的孩子們，勇敢面對眼前的挑戰，努力完成任務。

暖心推薦

郭葉珍‧ 最暖心的國民媽媽
國立臺北教育大學幼兒與家庭教育系 副教授

我的姊姊出生時有複雜的心臟疾病，她是在五歲的時候開刀，那時候我才三歲，並不知道她經歷了什麼。《愛畫畫的恐龍女孩》讓我重新理解我的姊姊，認識她的勇敢。

我和綺綺的媽媽一樣，在我姊姊離開地球以後，曾經在夢中收到過她報平安的訊息，現在想來，她們都很努力的想讓地球上的家人安心呢。

洪祺森 老師
國立臺中科技大學商業設計系 副教授

《愛畫畫的恐龍女孩》這是一個關於勇敢的真實故事。
由深愛著綺綺的媽媽，細膩地以文字記錄下綺綺的生命歷程，期待能以這樣的故事鼓勵正在面對生命挑戰的病童與家庭。

簡單而樸實的字句，相映著細膩的插畫及色彩，讓讀者真實地見到綺綺對生命的盼望與不畏挑戰的勇氣。

人們總是探索著甚麼是永恆，卻常忘記努力地把當下的每分每秒用力且深刻地度過。
綺綺生命的力量是如此的璀璨而精彩，或許在匆匆的時間維度裡看似短暫，但綺綺所留給大家的回憶已是永恆。

真心地推薦《愛畫畫的恐龍女孩》繪本。願綺綺的故事能給予勇敢面對挑戰的人們，最大的鼓勵與信心！

鄭宜珉老師
NUTURER【人初千日】寶寶專家平台創辦人

文學家總用『畫布』形容人生，而恐龍女孩綺綺的人生畫布，不但揮灑了綺麗的色彩、遠大的夢想，和擲地有聲的勇敢，她所留下的恐龍畫作，更無限地延伸了自己的畫布，讓許多心臟病女孩／男孩的人生畫布也得以增色。

這是綺綺真實的人生故事，雖有病痛、有遠逝，但透過繪本總能穿梭虛實的特殊力量，傳遞更多的是耀眼的生命光輝和將一直永存的愛與力量。綺綺和她創作的恐龍夥伴們，在繪本這個嶄新畫布的載體上，又再次遨遊，把她原來在有限人生畫布中，呈現的樂觀開朗和對生命的熱愛，轉化為無限和永恆，照亮所有透過閱讀，和綺綺交集的女孩、男孩、甚至成人們，這是用生命譜出的生命教育樂章，更是每個人都該品味的繪本，你會看見生命彼此相照的光芒。

黃郁雯老師
台南市中西區成功國小 教師

和麗綺結緣，轉眼已經是十年前的事了。猶記得新生分班完，媽媽帶著小綺綺來找我，當下我差點誤認為「她」是綺綺的妹妹，初印象她長得小小一個，眼睛大大、骨溜骨溜的，不怕羞的看著我直問問題。一般來說，特殊狀況的孩子面對新環境容易膽怯，家長也多半較擔憂，但這媽媽很特別，在描述完小孩的狀況後，只告訴我：「就多留意她身體狀況，其他的就和別人一樣！」接著兩年裡我們也一起共享了開心美好的回憶。

我所認識的綺綺，喜歡上學也愛交朋友，偶爾任性搞怪也會告狀討拍，除了心臟問題和身材嬌小之外，會讓人誤以為她就是個再正常不過的孩子，但她從來沒有以身體上的弱勢當作藉口，反而倔強的努力；她也從來沒因此而依賴他人，反而更加獨立。如果您了解她的經歷，應能發現：正因看似正常，才更覺得她不平凡！

認識綺綺一家人，其實我最感佩的是她的爸媽，他們不因孩子的缺陷而消極，看待及教育她如一般正常人，因為他們樂觀正向的心態和身教言教，才成就了大眾所知的「恐龍女孩」，這一路辛酸甘苦的歷程，豈是我們可想像的。

樂見綺綺爸媽願將自身的經驗分享，希望這份正能量能為正在生病的孩子、遇到挫折的父母或需要的人帶來溫暖的力量。

醫生叔叔的話 - 陳俊安 醫師

大家好，我是台大兒童醫院小兒心臟科醫師陳俊安，同時，也是綺綺的主治醫師。

在繪本中提及幾個發生在綺綺身上，因疾病及治療所造成特徵，有以下說明：

1. **胸前疤痕**：心臟病童在接受心臟外科手術後，大多會在胸口留下長長的疤痕。

2. **暗紫的膚色、唇色**：綺綺屬於發紺型心臟病，發生發紺的原因是動脈血（含氧量高的血）中混合了靜脈血（含氧量低的血），使動脈血裡含氧濃度降低，而使血液變得暗紫，在血氧濃度比較低、長期氧氣供給不足的情況下導致膚色、唇色也會暗沉。

3. **圓凸的杵狀指**：發紺性先天性心臟病的孩子，若長期低血氧就會造成手指與腳指末端肥大，手指的形狀看起來就像小鼓棒一樣，俗稱杵狀指。

4. **細小的聲音**：部分先心兒需經歷多次心臟手術，因此有可能因手術麻醉必須氣管插管，或是手術中對喉神經的傷害，以致於影響到發出聲音時的音量與音頻。

5. **瘦弱的體型**：綺綺因心臟的問題還沒有完全矯正，長年處在於低血氧的狀態，影響了綺綺的生長發育，隨著年紀增長，綺綺的體型成長速度不如一般孩子，也因此較為嬌小。

綺綺屬於極端的先天性心臟病的案例，但她還是努力勇敢的走過 10 個年頭，努力克服身體的困境，我相信其他孩子一定也可以勇敢面對眼前的挑戰！

雖然綺綺的生命故事比大多數的心臟病孩子更早寫下句點。

但是，透過這本繪本，大家會永遠記得這個才華洋溢、愛畫畫的恐龍女孩，以及她面對如此嚴重的先天心臟疾病時展現出的強大生命力。

其實，比先天性心臟病更可怕的，是因此失去了面對人生的勇氣。隨著先天性心臟病的醫療水準突飛猛進，絕大多數的孩子都能在適當的追蹤與治療下，獲得相當好的恢復與健康。讓這群孩子能擁有不設限的精采人生，是醫療團隊不斷努力精進的最大心願！

作者的話

作者 / 黃憶婷（綺綺媽媽）

國立雲林科技大學 設計學博士班

《愛畫畫的恐龍女孩》繪本規劃了兩年多，文中的一字一句都是在淚水潰堤中完成，透過梳理情緒、回憶與綺綺相處的時光，把悲傷轉化為文字，用畫筆描繪生活日常，將相處 10 年點滴撰寫成故事，這份愛的軌跡成為爸爸媽媽繼續向前走的動力，愛沒有不見，只是換作另一種方式繼續留在我們身邊。

綺綺遠行已五年餘，心裡對她的思念與日俱增，身為母親依然擔心著正在天堂旅行的她是否安好？很想再為她做些什麼？更想再為她留下些什麼？

三年多前，兒心基金會的輔導師莉雯提出藉由綺綺的生命故事撰寫成繪本的構想，希望透過真人真事的生命故事讓更多大小朋友們知道曾經有個不畏懼生命難關、努力長大的小女孩綺綺。這個構想也讓我想起綺綺曾提起很想畫一本跟恐龍有關的繪本。

於是，《愛畫畫的恐龍女孩》繪本誕生了。

繪本的文案是由我撰寫，插畫部分邀請知名的療癒系插畫家 張瓊文繪製，瓊文老師也是我的專科同學，老師畫風溫暖細膩、色彩豐富，很能撫慰人心。如今，透過這個機緣讓兩個人跨越時空、合力創作完成「愛畫畫的恐龍女孩」繪本。

故事是由穿著紙箱恐龍裝的女孩作為出場，紙箱恐龍裝是綺綺小學時，參加學校環保創意設計與爸爸一同創作的作品。不怕生、自信且勇敢站上舞台的綺綺賣力展現大膽、有創意的作品，就如同她在自己的人生舞台上盡情揮灑、勇者無懼的精神。

文中的恐龍女孩穿著藍紫色的恐龍裝，綺綺屬於發紺型的先天心臟病，在長期血液循環不佳的情況下，膚色、唇色甚至指甲的顏色都會呈現發紺的藍紫色，因此，我們在恐龍裝顏色設定上採用藍紫色的設計。

在繪本裡有許多綺綺的作品，瓊文老師巧妙地將綺綺的畫作安排在故事裡，請仔細找找看哦。還有兩隻可愛的小夥伴，一直陪伴在恐龍女孩身邊，兩隻小夥伴是綺綺畫的小小恐龍，瓊文老師細心的將他們著色並安排在恐龍女孩的左右，如同守護小精靈一樣的存在著。

女孩在面對手術時感到害怕與恐懼，此時，她的恐龍好朋友出現在她的生命中，有了恐龍好朋友的陪伴，陪著她一起去探險，讓她有了勇氣與力量，不畏眼前的困境，更努力地完成艱難的任務，獲得了勇氣滿滿的勳章。

歷經四次挑戰，恐龍女孩雖然離開了爸爸媽媽到天堂旅行。女孩的心臟問題經由醫師阿伯的巧手修復完成了，身上的藍紫色恐龍裝變成粉紅色，膚色也恢復健康的粉色，恐龍女孩勇敢的完成地球任務，其留下的滿滿回憶與美好時光，對爸爸媽媽來說就是最好的禮物。

一年後，綺綺的弟弟出生了。我們曾想過，弟弟是曾經說過想當男生的綺綺再來嗎？無論是與否，都已經不重要，綺綺永遠在我們家人心中都保有一個非常重要的位置。

我們期望透過這本繪本，將綺綺勇敢面對人生、不畏挑戰、努力綻放光芒的生命故事，為正在走過生命幽谷的孩子們與其家庭帶來勇氣與力量，願每個孩子都戰勝眼前的困難、展翅飛翔、綻放最耀眼的光芒。

更加期盼著，看過此繪本的大小朋友，多多伸出愛的雙手接納身邊與我們有所不同的朋友們，他們真的很努力在長大，用盡全力努力走過生命的每一個難關。一個微笑與善意，對他們來說都是最好的鼓勵，謝謝你們閱讀這本繪本，祝福你們！

繪者 / 張瓊文 Iris Chang

創作過程中，幸運能見到綺綺充滿驚人創造力的畫作手稿，自己也受到莫大的鼓舞！很榮幸能用畫筆描繪她以「勇氣」書寫的動人生命故事，彷彿置身在不同時空，與同樣喜愛畫畫的我們連結了起來，如果閱讀本書的大家能因此獲得前進的勇氣，那是再美好不過的事情！

國立雲林科技大學視覺傳達系畢業。擅長以柔軟的手繪筆觸營造如童話夢境般的插畫作品，夢想用雙腳把世界的每個角落踩踏出專屬的探險路徑。

〔插畫出版作品〕
2003《我對幸福沒誠意》（皇冠）
2003《幸福的味道》專輯封面插畫（SONY）
2004《許願瓶》（皇冠）
2005《第一次畫色鉛筆就上手》（易博士）
2006《烏拉瓦村精靈們》（沃思華思）
2008《Miya 字解日本》系列插畫（麥田）
2009《好好拜拜》（積木）
2010《看繪本學義大利語》（積木）
2010《蘭嶼下起芋頭雨》（麥田）
2012《花蓮好日子 · Iris 的慢城徒步旅行》（四塊玉）
2015《馬祖手繪行旅》（聯經）
2015《色鉛筆的餐桌小旅行》（水滴文化）
2019《一家人的南門市場》（聯經）

【 Facebook 】 張瓊文 Iris Chang
【 instagram 】 iris.art.illustration

綺綺的畫作與生活照